UNA NOTA DE DEMI

«Sigue tu corazón mientras vivas...
Conduce todo tu corazón hacia la excelencia...
Y no pongas ningún límite al arte.»

Las instrucciones de Ptahhotep, 2200 a.C.

Pinté al rey Tut inspirándome en las exquisitas líneas de las pinturas egipcias, de las pirámides, los templos reales, los santuarios de los dioses, las mastabas, las esculturas y las joyas de Egipto. Utilicé tinta egipcia y tinta china y pinceles asiáticos. El oro deslumbrante de los egipcios y su perpetua búsqueda de lo eterno me sirvieron de inspiración cuando pinté las orlas y los marcos con diseños egipcios de oro y joyas.

De los numerosos libros que consulté, *Tutankhamun: The Life and Death of the Boy King* (*Tutankamón: vida y muerte del niño rey*) de Christine El Mahdy, St. Martin's Press, 1999, fue el que más me impresionó por su maravilloso retrato de Tutankamón y por la importancia histórica de su vida. Otros tesoros de Tutankamón fueron todos los libros de Sir Ernest A. Wallis Budge: *Tutankhamun, The Gods of the Egyptians, Egyptian Magic, Egyptian Ideas of the Afterlife, Egyptian Language, y The Dwellers of the Nile* (*Tutankamón, Los dioses de los egipcios, Magia egipcia, Conceptos egipcios sobre la vida después de la muerte, El lenguaje egipcio, y Los moradores del Nilo*). También *Tutankhamun* de Christiane Desroches-Noblecourt, New York Graphics Society, 1963; *Treasures of Tutankhamun* (*Los tesoros de Tutankamón*), Metropolitan Museum of Art, 1976; *The Complete Tutankhamun* de Nicholas Reeves, Thames and Hudson, 1995; *Tutankhamun* de Aude Gros de Beler, Molière, París, 2001; y *Tutankhamun* de T. G. H. James, Friedman/Fairfax Publishers, Italia, 2000. Cuando mis fuentes no se ponían de acuerdo en algún dato, como la fecha de muerte del rey Tutankamón, utilicé la información aceptada por la mayoría.

La cita «con Atón delante de él» de la página 7 se encuentra en la Estela del Sueño frente a la Esfinge de Gizeh.

Título original: TUTANKHAMUN
© Texto e ilustraciones: Demi, 2009
Todos los derechos reservados
© EDITORIAL JUVENTUD, S. A., 2011
Provença, 101 - 08029 Barcelona
info@editorialjuventud.es / www.editorialjuventud.es
Traducción de Teresa Farran
Primera edición, 2011   Depósito legal: B. 9.243-2011
ISBN 978-84-261-3834-7   Núm. de edición de E. J.: 12.344
Gràfiques ARXA, SL, Ponent, nau 6 - 08756 La Palma de Cervelló
Printed in Spain

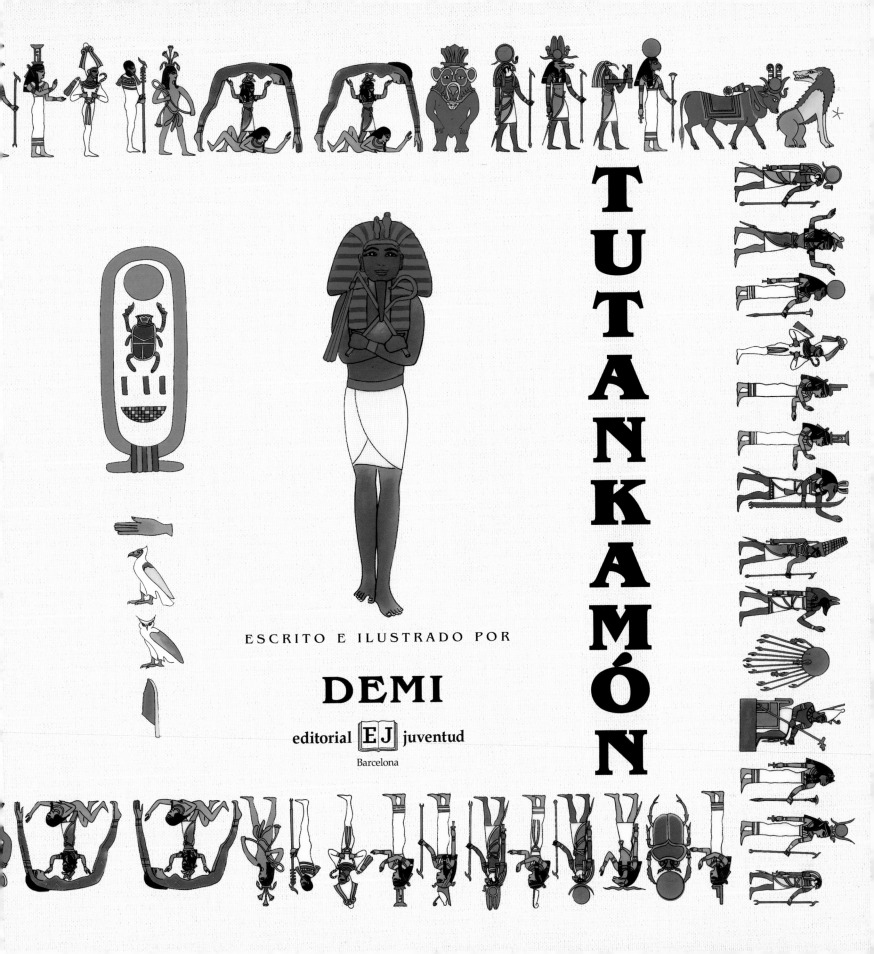

TUTANKAMÓN

ESCRITO E ILUSTRADO POR

DEMI

editorial **EJ** juventud

Barcelona

«¡Oh, Egipto, cuán hermosa es la vista,
cuán maravilloso es tu paisaje!»

Antiguo verso egipcio

EL REY TUTMOSIS IV,

que gobernó de 1419 a 1386 a.C., era el bisabuelo del rey Tutankamón. Cuando era un joven príncipe, Tutmosis tenía muchos hermanos y hermanastros que querían apoderarse del trono. Un día que salió de cacería se quedó dormido a la sombra de la Esfinge y tuvo un sueño sorprendente: la Esfinge intentaba en vano apartar la arena del desierto que sepultaba su cuerpo. La gran Esfinge le dijo: «Soy el dios solar y tu padre. Atiende y escucha cómo llegarás a ser rey de Egipto: si retiras la arena que cubre mi cuerpo, serás el faraón. Siempre estaré contigo. ¡Estaré a tu lado y haré que seas grande!»

Cuando Tutmosis IV se despertó,
ordenó inmediatamente que
retiraran la arena. Sabía
que el poder divino del rey sol
estaba en él y que sería rey.
En agradecimiento, juró venerar
al sol, Atón, y a partir de ese
momento todo lo que hiciera
en su vida sería «con Atón
delante de él».

La mayoría de los egipcios adoraban a un dios llamado Amón. Lo veneraban bajo aspecto humano, a veces como animal o como humano con cabeza de animal.

La historia de la aparición de Atón ante el rey Tutmosis IV pasó después al abuelo de Tutankamón, Amenhotep III, y al padre de Tutankamón, Akenatón. Entonces, el rey Akenatón tuvo una idea revolucionaria: venerarían a un único dios, Atón. Atón no tenía imagen. Era el disco solar visible para todos en el cielo. Desde entonces se veneraría al disco solar.

Akenatón dejó de preocuparse por Amón y los otros dioses. Cerró los templos de Amón. Esto enfureció a los poderosos sacerdotes de Amón, que se sintieron amenazados, y molestó a la gente que veneraba a Amón.

El rey Akenatón abandonó su palacio en Luxor y se fue navegando por el Nilo a más de 300 kilómetros hacia el norte donde fundó la ciudad de Amarna para él y su único dios, Atón. Como era faraón, Akenatón era considerado mitad hombre mitad dios, un rey dios capaz de comunicarse directamente con Atón.

En 1342 a.C., en la ciudad de Amarna, a orillas del Nilo, nació el futuro rey Tutankamón.

Su padre era el faraón
Akenatón, y se cree que
su madre fue una reina menor
llamada Kiya. El niño,
al nacer, recibió el nombre
de Tutankatón.

El príncipe Tutankatón comenzó
su vida rezando al disco solar, Atón.
El Gran Himno a Atón decía:

Espléndido apareces en el horizonte...
Llenas todas las tierras con tu
  belleza...
cuando resplandeces como Atón
  durante el día,
cuando disipas la oscuridad,
cuando ofreces tus rayos
[todo Egipto está] en fiesta.
Despiertos y erguidos en pie...
sus brazos adoran tu aparición...
Todos los rebaños pacen en
  sus pastos;
los árboles y las hierbas florecen,

los pájaros echan a volar de sus nidos,
sus alas saludan tu espíritu.
Todo rebaño brinca sobre sus patas.
Todos los que vuelan y se posan
viven cuando amaneces para ellos.
Los peces del río saltan ante ti,
tus rayos penetran en medio del mar...
¡Cuán enorme es tu obra,
aunque oculta a la vista!
¡Oh Dios Único, fuera del cual nada
  existe!...
¡Cuán excelentes son tus designios,
oh Señor de la Eternidad!...
Tú estás en mi corazón.

El joven príncipe Tutankatón
solía contemplar el edificio de
la gran ciudad santa de Amarna
y los templos dedicados al culto
de Atón. Eran grandes espacios
abiertos para recibir el sol, muy
diferentes de los templos cubiertos,
oscuros y escondidos de Amón.

El príncipe Tutankatón tenía
muchos hermanastros y
hermanastras, pero los más
importantes eran sus seis
hermanastras. Eran las hijas
de su padre y la hermosa reina
principal, Nefertiti. Tutankatón
amaba especialmente a la madre
de su padre, la reina Tiye que
lo protegía y lo cuidaba.

El príncipe Tutankatón aprendió a leer y a escribir el egipcio clásico y a dominar el álgebra. Estudió astronomía y la ciencia de las estrellas. Leyó las escrituras de las pirámides, las escrituras de los sarcófagos, y la literatura que recogía la sabiduría de los egipcios.

Esta sabiduría se fundamentaba
en la capacidad de comprender
las necesidades de los demás.
Su enseñanza era: hoy puedes
ser rico, pero mañana puedes
ser pobre, por lo que debes ser
bondadoso y generoso. Todos
son responsables de los que están
arriba, como el rey, y de los que
están abajo, como los pobres.

A los cuatros años, el príncipe
Tutankatón participaba en
las cacerías reales del avestruz
y del león, y se llevaba su perro.

Cuando fue más mayor, cazaba ciervos y cabras montesas.

Practicaba el arte de la guerra
con arcos y flechas, y con lanzas.

Si quería una distracción más tranquila, jugaba al senet, un juego de mesa egipcio, escuchaba música de arpa, laúd, y trompeta y asistía a espectáculos de acrobacia y vistosas danzas.

Cuando Tutankatón tenía nueve años, murió su padre, el rey Akenatón. Tutankatón fue enviado inmediatamente a Luxor donde fue coronado rey y faraón en el templo de Karnak.

Dos ancianos, Ay y Horemheb, eran los que detentaban realmente el poder. El joven rey Tutankatón solo era un títere en sus manos.

Ay era el padre de la reina Nefertiti y veneraba a Atón. Amaba sinceramente al joven rey y lo protegía, y ocupó el cargo de regente del Alto Egipto.

Horemheb era el general en jefe del ejército y enemigo del joven rey. Adoraba a Amón y ocupó el cargo de regente del Bajo Egipto. Horemheb hizo que el rey cambiara su nombre de Tutankatón por Tutankamón y que rindiera culto a Amón, el dios contra el que su padre se había rebelado.

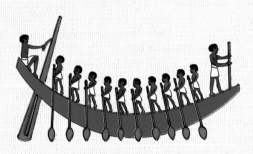

Como regente del joven rey,
Horemheb debía protegerlo.
Se llevó al rey Tutankamón
al sur del Nilo, a Menfis,
donde hizo que restaurara
las estatuas de los antiguos
dioses y venerara a Amón.

Ay no tardó en exigir que el rey estuviera bajo su protección una parte del tiempo, así que el rey Tutankamón volvió a Amarna.

Allí se casó con Ankhesenpaatón y la nombró gran esposa real. Era su hermanastra, una de las hijas de Akenatón y de la reina Nefertiti.

Los jóvenes reyes luego
navegaron hacia el sur hasta
Luxor. Amarna, la ciudad del
padre de Tutankamón fue
abandonada para siempre.
En los templos de Luxor y
Karnak, el rey restableció
el culto a Amón, pero permitió
que el pueblo venerara
también a Atón.

Restableció la gran fiesta de
Opet, que festejaba a todos los
dioses con comida y bebida, y
que al pueblo le gustaba mucho.
Ahora había libertad de culto,
y el rey Tutankamón consiguió
la paz entre ambos bandos.

Él y la reina Ankhesenpaatón
vivían felices, con amor
y armonía.

Siguiendo la costumbre de los
reyes, Tutankamón empezó a
construir su templo funerario en
la orilla occidental del Nilo, cerca
del templo de su madre, Kiya,
y de su abuelo, Amenhotep III.

A los doce años, el rey Tutankamón dio órdenes al supervisor de las tumbas del Valle de los Reyes para que organizara el nuevo entierro de su amada abuela, la reina Tiye.

Este supervisor de tumbas era
un hombre extraordinario que se
llamaba Maya. Años más tarde,
cuando Tutankamón murió,
demostró su lealtad al faraón.

Al norte, los hititas amenazaban el reino de Tutankamón. Horemheb, el general en jefe del ejército egipcio estaba en lucha constante contra ellos.

El rey Tutankamón empezó a recaudar impuestos para organizar una gran campaña contra el ejército hitita. Pero la campaña nunca tuvo lugar.

A los diecinueve años, el rey
Tutankamón murió repentinamente.
Unos dicen que fue asesinado de
un golpe detrás de la oreja izquierda;
otros afirman que murió en un
accidente de caza, otros hablan de
un tumor o de una infección.
Nadie sabe nada a ciencia cierta.

El rey no dejó hijos, por lo que no había ningún heredero al trono. Ay y Horemheb, los regentes del Alto y Bajo Egipto querían tomar el control del reino al enterarse de la muerte de Tutankamón.

Ay fue el primero en enterarse
de la muerte de Tutankamón.
No se lo dijo a Horemheb.

Al contrario, urdió una enrevesada estratagema para mantener alejado a Horemheb. Hizo que la viuda de Tutankamón, Ankhesenpaatón, escribiera unas cartas desesperadas al rey de los hititas, en las que le suplicaba que enviara inmediatamente a su hijo a Egipto para casarse con ella y así evitarle tener que casarse con un plebeyo.

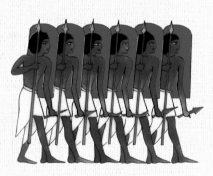

Horemheb descubrió uno de los mensajes que circulaban entre los hititas y la reina egipcia. Mató al príncipe hitita y a todo su ejército antes de que pudiera encontrarse con la reina.

Todas estas intrigas le dejaron a Ay justo el tiempo necesario para organizar precipitadamente en secreto el entierro de Tutankamón.

Maya, el más leal de los
supervisores de tumbas, juró
que jamás revelaría el secreto
lugar de reposo de Tutankamón,
y jamás lo hizo. El secreto
perduró durante 3.249 años.

En la tumba, Ay procedió a
la ceremonia de la Apertura
de la Boca para que el rey pudiera
vivir en el más allá y transformarse
en un ser perfecto. Tras el ritual,
el rey ya podía viajar al más allá
y vivir eternamente.

Al celebrar la ceremonia de la Apertura de la Boca, que solo podía ser realizada por el heredero del trono, Ay se erigió en sucesor del rey Tutankamón.

Después de hacerse con el trono, se mantuvo firme en todas las creencias de Akenatón y el disco solar, Atón. Ay solo sobrevivió cuatro años.

A la muerte de Ay, Horemheb se apoderó del trono. Todos los miembros de la familia de Amarna ya habían muerto, y Horemheb se aseguró de que fueran olvidados para siempre. Destruyó la gran ciudad de Amarna y no dejó piedra sobre piedra.

Hizo desaparecer los nombres de Akenatón, Nefertiti, y Ay de todas las columnas. Destruyó el cuerpo y la tumba de Ay, y todo lo que estaba vinculado con el culto de Atón. Pero no consiguió destruir una cosa: la tumba perdida de Tutankamón.

Treinta y dos siglos más tarde,
un 27 de noviembre, en 1922,
el arqueólogo Howard Carter
encontró la tumba de Tutankamón:
era uno de los mayores hallazgos
arqueológicos de la historia…

¡y Tutankamón volvió a la vida de nuevo!

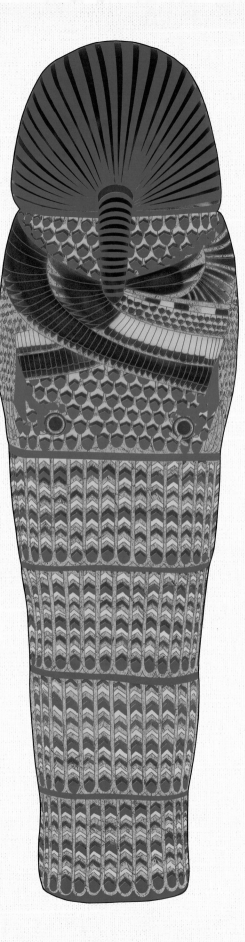

Más allá de su vida y después
de su muerte, el rey Tutankamón
alcanzó su mayor gloria. Su
sagrada tumba real era la única
que se había conservado intacta,
con su fabuloso tesoro para
asegurar la eternidad al rey.
   Aquel tesoro reflejaba la
fabulosa riqueza, la fortuna
y el arte extraordinariamente
refinado de la época del rey
Tutankamón.

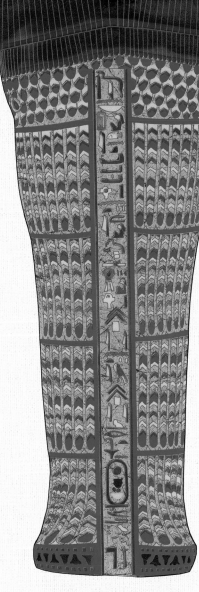

Las figuras de Tutankamón muestran a un rey dios niño de una perfección sublime, majestuoso en sus deslumbrantes vestiduras de oro resplandeciente. Sus ojos nos contemplan desde una distancia de más de tres mil años, tranquilos y serenos, como si supiera que su nombre había de perdurar a través de los siglos y transmitir su mensaje de eternidad por siempre jamás.

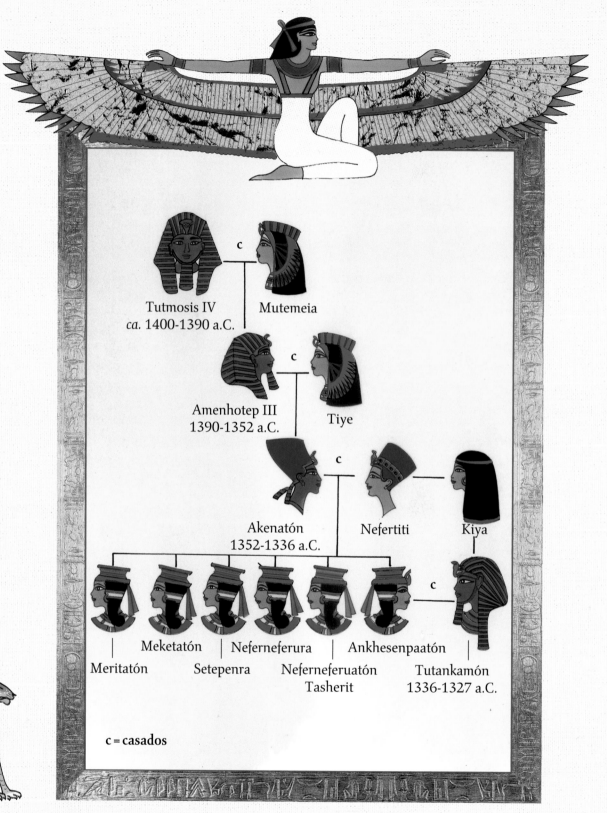

Tutmosis IV
ca. 1400-1390 a.C.

Mutemeia

c

Amenhotep III
1390-1352 a.C.

Tiye

c

Akenatón
1352-1336 a.C.

Nefertiti

Kiya

c

Meritatón

Meketatón

Setepenra

Neferneferura

Neferneferuatón
Tasherit

Ankhesenpaatón

Tutankamón
1336-1327 a.C.

c

c = casados

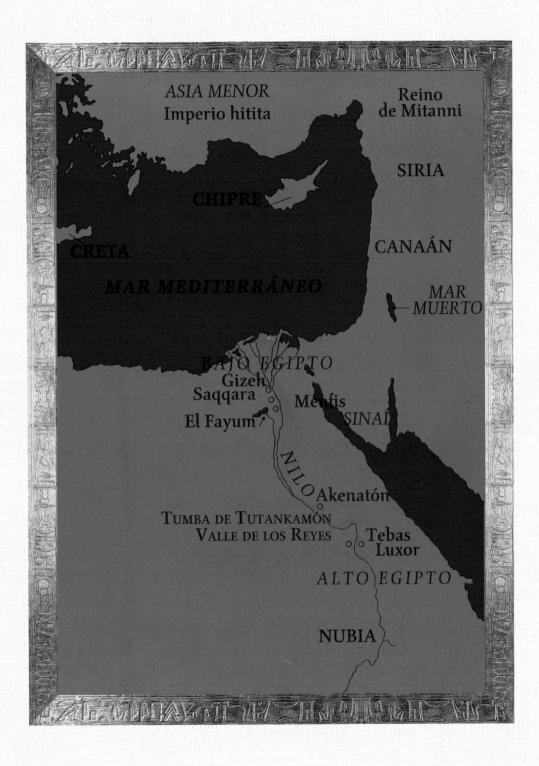

ASIA MENOR
Imperio hitita

Reino
de Mitanni

SIRIA

CHIPRE

CRETA

CANAÁN

MAR MEDITERRÁNEO

MAR
MUERTO

BAJO EGIPTO
Gizeh
Saqqara
El Fayum

Menfis

SINAÍ

NILO

Akenatón

TUMBA DE TUTANKAMÓN
VALLE DE LOS REYES

Tebas
Luxor

ALTO EGIPTO

NUBIA